25658

E PITRE

DE MONSIEUR L'ABBÉ

D. L. T. G. *de Lattaignan*

A MONSIEUR L'ABBÉ

D. L. P. *de la Porte*

EPITRE

DE MONSIEUR L'ABBÉ

D L. T. G.

A MONSIEUR L'ABBÉ

D L P.

Auteur des Observations sur les Ecrits
des Modernes.

CHARMANT Abbé, j'aurois bien lieu
De m'enorgueillir de la place
Qu'entre Anacreon & Chaulieu,
Vous me donnez sur le Parnasse.
A peine j'aurois eu l'audace
De m'aller mettre en rang d'oignon
Auprès de notre ami Coulanges,
Qui, comme moi, bon compagnon,
Eut autrefois quelques louanges

Des gens de ſa ſociété,
Pour de petites Parodies,
Et Chanſons quelquefois jolies,
Que dans le ſein de la gaité,
Avec aiſance & liberté
Il compoſoit, ſouvent à table,
Tantôt pour un convive aimable,
Tantôt ſur quelque jeune objet,
Qui faiſoit valoir le couplet.
Mais quand un auſſi bon critique,
Quand un auſſi grand connoiſſeur
D'un mediocre & mince Auteur
Fait un ſi beau panégyrique,
Par un éloge trop flatteur
Il peut bien lui tourner la tête.
Trop d'encens, quoique délicat,
D'un ſot a ſouvent fait un fat;
Mais ma recette eſt toute préte,
Et voici mon contrepoiſon,
Pour n'en pas perdre la raiſon.
Vous m'avez lû, cher Ariſtarque,
Avec les yeux de l'amitié :
Or l'ami jamais ne remarque
De nos deffauts que la moitié.
S'il voit des beautés, au contraire

Le préjugé qui le séduit,
Les augmente & les exagere ;
Et c'eft, de cet ami fincere,
Le cœur qui juge, & non l'efprit.
D'une lunette à longue vue,
Qui d'un côté groffit l'objet,
Et de l'autre le diminue,
Il fe fert felon le fujet.
  Autre raifon, c'eft l'indulgence
Qu'on a volontiers pour quelqu'un
Qu'on peut louer fans conféquence,
Et qui n'eft le rival d'aucun ;
Pour un chanfonnier dont la mufe
Badine, fans prétendre à rien,
Et qui fecouant tout lien,
S'occupe moins, qu'il ne s'amufe.
Voilà mon folide argument
Contre votre applaudiffement,
Pour me garantir de l'ivreffe.
Je fens le prix d'un compliment,
Effet de votre politeffe,
Plus que celui d'un jugement,
Dont on fçait la délicateffe.
Mais avec d'autres, croyez-môi,
Ufez-en d'une autre maniere ;

A iij

Vous êtes chargé d'un emploi
Penible & dangereux à faire ;
Un censeur s'impose la loi
D'être moins poli que sincere.
Il doit louer, mais sans fadeur ,.
Toutes les beautés d'un ouvrage ;.
Son éloge est pour un Auteur
Un aiguillon qui l'encourage ;.
Au lieu qu'un encens trop flatteur ,.
A mon avis est un outrage.
Ou l'on croit que c'est badinage ,
Ou bien ce stile adulateur
Fait imaginer au lecteur
Qu'on achette votre suffrage.

   Mais quoique la fadeur du miel
Souvent deshonore un critique ,
On l'aime encor mieux que le fiel
D'une plume trop satirique.
Si l'on compare au chien couchant
Le flatteur qui trop cherche à plaire ,.
L'autre est un enragé mordant
Qu'on noyeroit dans la riviere.
Voyez votre prédécesseur ,
Le fameux Abbé Desfontaines ,.
Malgré ses talens & ses peines ,.

Jufqu'après fa mort en horreur.
On peut avec délicateffe
Employer les traits de Momus,
Mais fans excès & fans abus,
En plaifantant avec fineffe.
Par un tour fin & délicat,
Quand on badine avec adreffe,
On imite d'un jeune chat
Les graces & la gentilleffe ;
Et le critique plait toujours,
Quand il fait patte de velours.
Au lieu que l'on hait la rudeffe
Et la ferocité d'un ours
Qui d'abord emporte la piece.
Frappez donc, mais à petits coups ;
Pour éviter la fechereffe ;
On réveille plus qu'on ne bleffe
Lorfque l'on frappe fans courroux.
Ce qui rend sèche la matiere
Des Journaliftes de Trevoux,
C'eft qu'ils ne peuvent, comme vous,
A leur efprit donner carriere ;
Comme dans un port un forçat
Ne fort jamais qu'avec fa chaîne,
Ils font liés par leur état,

Et par la robbe qui les gêne.
On ne ſçauroit ſans liberté
Ecrire avec légereté ;
Et jamais de triſtes eſclaves
N'ont ſur leur front l'air de gaité.
Vous qui n'avez plus ces entraves ,
Et dont les liens ſont rompus ,
Puiſque rien ne vous contraint plus ,
Livrez-vous à votre genie ;
Aſſaiſonnez toujours de ſel
Une ſage plaiſanterie ;
Que jamais rien de perſonnel
N'empoiſonne la raillerie.
Quand vous voulez , vous préparez
Avec tant d'art une Satyre ,
Que tous ceux que vous effleurez
Sont eux-mêmes forcez d'en rire ,
Et jamais vous ne déchirez ;
Excepté dans certain voyage ,
Ceci ne ſoit dit qu'entre nous ,
Je vous aurois trouvé plus ſage ,
Si vous étiez reſté chez vous :
Mais n'en parlons pas davantage.
   Quelqu'un qui me plaît bien encor ,
Qui , comme vous , a pris l'eſſor ,

C'eſt Freron, ce gentil confrere,
Petillant de ſel & d'eſprit ;
Mais qui plairoit, ſans contredit,
Beaucoup plus, ſi trop de colere,
D'antipathie & de dépit,
N'animoit tout ce qu'il écrit
Contre Marmontel & Voltaire.
D'autant que malgré ce qu'il dit,
Et ce que contre eux il débite,
Et l'un & l'autre ont leur mérite,
Et qu'il les offenſe à crédit.
L'un ne fait preſque que de naître,
Et par des débuts glorieux
S'eſt déja fait aſſez connoître
Pour digne éleve d'un grand maître ;
Et l'autre a le front dans les cieux.
Et quoique le critique ſage
Juge ſans partialité,
L'un mérite qu'on le ménage ;
L'autre doit être reſpecté :
Celui qui n'eſt qu'à ſon aurore,
Pour ſes ingénieux eſſais
Qu'il faut aider & faire éclore :
L'autre (que l'on admire encore)
Pour les chef-d'œuvres qu'il a faits.

Oui, Freron, fans cette manie,
Seroit un critique charmant ;
Il joint au plus brillant genie
Le plus folide jugement.
Chaque ouvrage qu'il analife,
Eft une mignature exquife.

Aimables enfans d'Apollon,
Qui des Mufes fuivez les traces,
Et qui dans le facré vallon
Reglez les rangs, marquez les places ;
Que rien ne trouble vos travaux,
Agréables autant qu'utiles,
Soyez toujours l'effroi des fots,
Et le plaifir des gens habiles.
Que vos éloges foient le prix
Du vrai mérite, & de la gloire ;
Etre vantez dans vos écrits,
C'eft être au Temple de mémoire.
Vous y pourrez graver les noms
De Grafigny, de Dubocage,
Leurs aimables productions
Méritent bien votre fuffrage ;
Et quand, de ce fexe enchanteur
Qui nous anime & nous infpire,
Quelqu'une y joint l'art de produire,

On ne peut paffer pour flatteur
Quelque bien qu'on en puiffe dire.
Réuniffez vos traits vengeurs
Contre le jaloux qui les fronde,
Et contre ces mauvais Auteurs
Dont aujourd'hui Paris abonde,
Et qui, par malheur, dans ce monde,
Ne trouvent que trop de lecteurs,
Et peut-être d'approbateurs.
Mais quand des gens de mon efpece
Dans le loifir ou l'allegreffe
Hazarderont quelques couplets,
Si vous les goutez chantez-les;
Mais pour votre honneur, chers critiques,
Dans vos feuilles periodiques,
Croyez-moi, n'en parlez jamais.